HİKÂYELERLE DİNÎ DEĞERLER

Fino Foli

Yazan: Asiye Aslı Aslaner
Resimleyen: Gökhan Gülkan
Danışmanlar: Prof. Dr. Mehmet Emin Ay
Duygu Kaçaranoğlu

Yayın Yönetmeni: Savaş Özdemir
Editör: Sevinç S. Erzurumlu
Kapak Tasarım: Sefer Koçan
İç Tasarım: Nur Kayaalp

Yayın No: 3826
ISBN: 978-605-08-1994-6
Raf: 6 Ay-5 Yaş Masal Hikâye

7. Baskı / Ekim 2025

Baskı ve Cilt: WPC Matbaacılık
Osmangazi Mah. Mehmet Deniz Kopuz Cad. No: 17-1
Esenyurt / İstanbul
Tel: (0212) 886 83 30 / **Sertifika No:** 50884

Timaş Basım Ticaret ve Sanayi AŞ
Cağaloğlu, Alemdar Mah. Alay Köşkü Cad. No: 5 Fatih / İSTANBUL
Tel: (0212) 511 24 24 Sertifika No: 45587
bilgi@gulcekitap.com.tr

FİNO FOLİ

Fino Foli ailesiyle birlikte Şen Kasabası'nda yaşarmış. Foli güzel giyinmeyi çok severmiş. Bir yere gideceği zaman tokasını takar, en yeni ayakkabısını giyermiş. Bir gün Foli'nin annesi,

– Foliciğim, benimle kermese gelmek ister misin, diye sormuş.

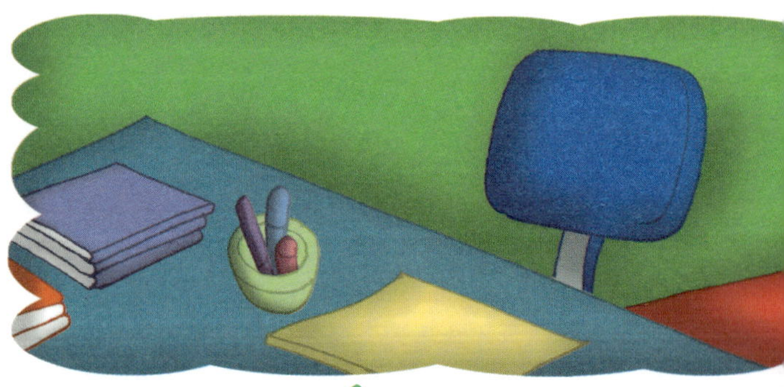

Foli annesinin teklifini sevinçle kabul etmiş. En yeni elbisesini giyip en güzel tokasını takmış ve annesinin elini tutup yürümeye başlamış. Ama Foli'nin aklında bazı sorular varmış.

– Anneciğim, kermes nedir, diye sormuş meraklı gözlerle.

– Yardıma ihtiyacı olan kişilere destek olmak için herkesin elinden geleni yapıp sattığı bir yerdir canım, diye yanıtlamış annesi.

Foli annesinin ne demek istediğini pek anlamamış. Ama tam birkaç soru daha soracağı sırada komşuları Karga Kargiş'le karşılaşmışlar.

Kargiş annesine kocaman bir çanta vermiş. Foli merakla,

– Çantada ne var anneciğim, diye sormuş.

Annesi,

– Kargiş'in kermes için verdiği giysiler var. Onları tamir edip yıkayıp ütüleyeceğiz. Sonra da ihtiyacı olanlara vereceğiz, diye cevap vermiş.

Foli şaşkın şaşkın,

– Kendine giysi alamayanlar mı var, diye sormuş.

– Foliciğim, geçim sıkıntısı çeken bazı aileler var. Paraları ancak yiyecek almaya yetiyor. Bu yüzden durumu daha iyi olan aileler fazla eşyalarını onlara veriyor, demiş.

Foli üzerindeki yepyeni elbiseye bakmış. Bu elbiseyi ne kadar beğendiğini, annesinin de hemen gidip aldığını hatırlamış.

Eğer beğendiği elbiseyi alacak paraları olmasa ne kadar üzüleceğini düşünmüş.

Kendi kendine, "Tüm çocuklar mutlu olup isteklerine kavuşabilse keşke. Acaba bunun için ne yapabilirim." demiş.

Uzun uzun düşünmüş. Sonunda aklına harika bir fikir gelmiş.

Sınıf arkadaşlarıyla bir kermes düzenleyip zor durumda olan çocuklara yardım etmeye karar vermiş. Ertesi gün arkadaşlarına fikrini anlatmış,

– Arkadaşlar, bazı aileler maddi sıkıntı çektikleri için çocuklarına ihtiyaçları olan şeyleri alamıyorlarmış. Bir kermes düzenleyip kullanmadığımız eşyaları onlarla paylaşabiliriz. Ne dersiniz, diye sormuş.

Foli, eve gider gitmez kermes hazırlıklarına başlamış. Kullanmadığı kıyafetlerini, bazı kitaplarını ve artık oynamadığı oyuncaklarını bir kutuya doldurmuş.

Ertesi gün okula gidince gözlerine inanamamış. Kermes için bir şeyler getiren sadece kendisiymiş. Arkadaşları, ona destek olmadığı için çok üzülmüş.

Teneffüste durumu öğretmen Boğaç Bey'e anlatmış.

Boğaç Bey,

– Foli'ciğim, yardım yapmak çok güzel bir şey ama yardım gönülden yapılmalıdır. Kimseyi zorlayamayız, demiş.

Foli,

– Haklısınız. Yardım için onları zorlayamamayız ama belki ikna edebiliriz, diye karşılık vermiş.

Foli ertesi gün arkadaşlarını etrafına toplayıp başlamış konuşmaya,

– Sevgili arkadaşlarım, bugün sizi çok özel bir yere götüreceğim. Ama neresi olduğunu gidince göreceksiniz. Gelmek isteyen beni izlesin lütfen, demiş ve çıkmışlar yola.

Yürümüşler, yürümüşler... Arkadaşları nereye gittiklerini çok merak ediyor, birbirlerine sorup duruyorlarmış.

Foli sonunda tek katlı, çok eski ve bakımsız bir evin bahçesine girmiş. Arkadaşları da onun peşinden girmişler ama bu eski evde ne yapacaklarını merak ediyorlarmış doğrusu.

Foli arkadaşlarına dönüp,

– Kermes yapıp yardım etmek istediğim ailenin evine geldik. Onlarla tanışmanızı istiyorum, demiş ve kapıyı çalmış.

Tüm aile onları sevinçle karşılamış. Evdeki eşyalar çok eskiymiş. Üstelik hava soğuk olduğu halde soba yanmıyormuş.

Ailenin en küçük çocukları buz

gibi evde, birkaç taş ve sopadan ibaret olan oyuncaklarıyla oynuyormuş.

Foli ve arkadaşları, mutlaka bu aileye yardım etmeleri gerektiğine karar vermiş. Herkes Foli'yi dinlemediği için çok pişmanmış. Aileye nasıl yardım edebileceklerini düşünmeye başlamışlar.

Foli'nin kermes fikrini hatırlayıp en güzel yolun bu olduğuna karar vermişler. Herkes verebileceği ne varsa toplayıp sınıfa getirmiş. Foli'nin annesi de paketleri alıp aileye ulaştırmış.

Foli ve arkadaşları ilerleyen günlerde aileyi tekrar ziyarete gitmiş. Artık evin bacası tütüyor, içeriden yeni oyuncaklarıyla oynayan çocukların neşeli sesleri geliyormuş.

Foli ve sınıf arkadaşları bu aileyi 'kardeş aile' seçmiş ve her zaman onlara destek olmuşlar.

AYET

Erkek ya da kadın, mümin olarak salih amel (iyi ve güzel davranışlar) işlerse, ona mutlaka güzel bir hayat yaşatırız. Mükâfatlarını da elbette yapmakta olduklarının en güzeli ile veririz.

(Nahl Sûresi, 97. Ayet)

EĞLENELİM - ÖĞRENELİM

Annesi Foli'yi nereye götürdü?

Foli ve arkadaşları ne yaptı?

Kermes niçin yapılıyor?

HİKÂYELERLE DİNÎ DEĞERLER

Civciv Ceviz

Yazan: Asiye Aslı Aslaner
Resimleyen: Gökhan Gülkan
Danışmanlar: Prof. Dr. Mehmet Emin Ay
Duygu Kaçaranoğlu

Yayın Yönetmeni: Savaş Özdemir
Editör: Sevinç S. Erzurumlu
Kapak Tasarım: Sefer Koçan
İç Tasarım: Nur Kayaalp

Yayın No: 3827
ISBN: 978-605-08-1993-9
Raf: 6 Ay-5 Yaş Masal Hikâye

7. Baskı / Ekim 2025

Baskı ve Cilt: WPC Matbaacılık
Osmangazi Mah. Mehmet Deniz Kopuz Cad. No: 17-1
Esenyurt / İstanbul
Tel: (0212) 886 83 30 / **Sertifika No:** 50884

Timaş Basım Ticaret ve Sanayi AŞ
Cağaloğlu, Alemdar Mah. Alay Köşkü Cad. No: 5 Fatih / İSTANBUL
Tel: (0212) 511 24 24 Sertifika No. 46687
bilgi@gulcekitap.com.tr

CİVCİV CEVİZ

Civciv Ceviz ineklerin, tavukların, ördeklerin, koyunların ve daha birçok hayvanın mutluluk içinde olduğu bir çiftlikte yaşıyormuş.

Ceviz'in en sevdiği şey yeşil çimenlerin üzerinde piknik yapmakmış.

Her fırsatta en taze yiyeceklerle doldurduğu çantasını sırtına takıp kırların yolunu tutarmış.

Acele etmeden, yavaş yavaş yürür, ağaçları, gökyüzünü, çiçekleri, şırıl şırıl akan dereleri, uçsuz bucaksız tarlaları izlermiş.

Ceviz o sabah yine piknik çantasını hazırlamış. Ama her zamankinden fazla yiyecek koymuş. Çünkü bugün Rakun Mati ile birlikte pikniğe gidiyorlarmış.

İki arkadaş, çiftliğin kapısında buluşup yola çıkmışlar.

Ceviz her zamanki gibi etrafı inceliyormuş. Mati'ye dönüp,

– Şu güzel güneşe baksana. Bizi nasıl da ısıtıp aydınlatıyor, değil mi, demiş.

Mati başını yukarı kaldırmış,

– Ben bir güzellik göremedim doğrusu. Üstelik güneş gözümü kamaştırdı, deyip şapkasını öne doğru indirmiş.

Ceviz, arkadaşının bu güzellikleri görmemesine çok şaşırmış.

İki arkadaş güzel bir piknik yeri bulmak için yürümeye devam etmişler. Ceviz, kocaman çınar ağaçlarının yanından geçerken yine heyecanlanmış ve arkadaşına dönüp,

– Şu ağaçların güzelliğine bak! Gençken bize gölge ve temiz hava veriyorlar; yaşlanınca da yakacak odun ya da ev eşyası için kereste, demiş.

Rakun Mati ağaçlara şöyle bir bakıp omuz silkmiş,

– Ne var yani bunda? Ağaç işte. Orada öylece duruyor, demiş.

Ceviz şaşırmış,

– Bu ağaçların birer nimet olduğunu göremiyor musun, diye sormuş ama Mati cevap vermemiş.

İki arkadaş yürümeye devam etmiş. Gitmişler, gitmişler... En sonunda sarı papatyaların, yeşil çimenleri süslediği, şırıl şırıl akan derenin yanına örtülerini sermişler. Uzun süredir yürüdükleri için ikisi de yorgunmuş.

Ceviz,

– Papatyalar mis gibi kokuyor. Biliyor musun? Arılar çiçeklerin özünü toplayıp bal yapıyor, demiş.

Ama Mati'nin gözü yorgunluktan hiçbir şey görmüyormuş.

– Ben bal sevmem ki, deyip omzunu silkmiş.

Ceviz, Mati'nin söylediklerine çok üzülmüş.

– Hay Allah! Ben de yanıma bir kavanoz bal almıştım, demiş.

Mati sırt çantasını açıp,

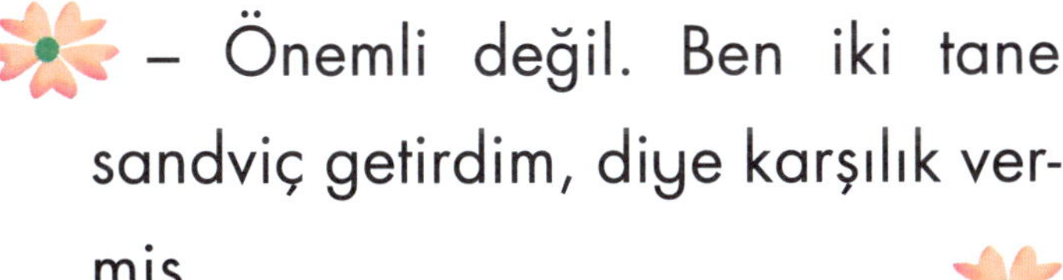

– Önemli değil. Ben iki tane sandviç getirdim, diye karşılık vermiş.

Arkadaşına bir şey ikram edemediği için üzülen Ceviz etrafına bakmış. Sapsarı papatyaları görünce, aklına çok güzel bir fikir gelmiş. Birkaç papatya toplayıp sıcak su dolu termosunun içine atmış. Mati'ye dönüp,

– Harika bir papatya çayı demledim. İnşallah beğenirsin, demiş.

Ceviz ve Mati neşe içinde sandviçlerini yiyip çaylarını yudumlarken, hafif bir rüzgâr esmeye başlamış.

Fakat kısa bir süre sonra rüzgâr şiddetini arttırmış, hava da epey soğumuş. Bulutlar gökyüzünü kaplamış, güneş görünmez olmuş. Sonra da yavaş yavaş yağmur yağmaya başlamış. Ceviz ve Mati de eşyalarını toplayıp koşmaya başlamışlar. Bu sırada yağmur iyice şiddetlenip fırtınaya dönüşmüş. Sığınacak bir yer bulmak için koşmaya devam etmişler.

Zavallı Mati koşarken ayağını bir taşa çarpmış ve düşmüş. Ceviz arkadaşına yardım etmek için koluna girmiş.

– İleride büyük bir çınar ağacı var. Onun kovuğuna sığınabiliriz, demiş.

Biraz daha yürüdükten sonra çınar ağacına ulaşmışlar. Hemen kovuğun içine girmişler. Ceviz yere örtü sererken, Mati acı içinde kıvranıyormuş. Ceviz hemen piknik sepetini açıp içinden bal kavanozunu çıkarmış:

– Yarana biraz bal süreceğim. Böylece mikroplar ölecek, demiş.

Mati'nin yarasını temizleyip biraz bal sürmüş. Sonra da çantasından temiz bir bez çıkarıp yarayı sarmış.

Mati,

– Teşekkür ederim. Keşke ağrımı giderecek bir şeyler de olsaydı, demiş.

Ceviz gülümseyip,

– Papatya çayımız var! diye karşılık vermiş ve bir fincan çayı Mati'ye uzatmış.

– Babaannem karnımız ağrıdığı zaman bize papatya çayı içirir, ağrımız hemen hafifler, demiş.

Sıcak çay Mati'nin hem içini ısıtmış hem de ağrısını azaltmış.

İki arkadaş, çınarın kovuğunda fırtınanın dinmesini beklemeye başlamış.

Mati,

– Ceviz söylediklerinde haklıydın. Önemsiz gördüğüm çınar ağacının içine sığındık. Yemek istemediğim bal, yarama merhem oldu. Papatyalar çay olup içimizi ısıttı, ağrımı hafifletti. Bundan sonra tüm nimetlerin kıymetini bileceğim, demiş.

Arkadaşının söyledikleri Ceviz'i çok mutlu etmiş.

– Haklısın Mati. Her şey bizim için birer nimettir. Hatta bu fırtına bile, demiş.

Mati,

– Nimet mi, diye sormuş şakın şaşkın.

Ceviz,

– Evet, elbette. Fırtına sayesinde etrafındaki nimetleri görmeye başladın, diye cevap vermiş.

Karşılıklı gülmüşler. Fırtına geçer geçmez de çiftliğin yolunu tutmuşlar. Mati o günden sonra her nimet için şükretmiş.

AYET

"Eğer (size verdiğim nimetlere) şükrederseniz, andolsun ki ben de onları arttırırım."

(İbrahim Sûresi, 7. Ayet)

EĞLENELİM - ÖĞRENELİM

* Ceviz ve Mati birlikte nereye gitti?
* Fırtına çıkınca ne yaptılar?
* Mati yanlış davrandığını anlayınca ne yaptı?

HİKÂYELERLE DİNÎ DEĞERLER

Kurbağa Kuriş

Yazan: Asiye Aslı Aslaner
Resimleyen: Gökhan Gülkan
Danışmanlar: Prof. Dr. Mehmet Emin Ay
Duygu Kaçaranoğlu

Yayın Yönetmeni: Savaş Özdemir
Editör: Sevinç S. Erzurumlu
Kapak Tasarım: Sefer Koçan
İç Tasarım: Nur Kayaalp

Yayın No: 3828
ISBN: 978-605-08-1996-0
Raf: 6 Ay-5 Yaş Masal Hikâye

7. Baskı / Ekim 2025

Baskı ve Cilt: WPC Matbaacılık
Osmangazi Mah. Mehmet Deniz Kopuz Cad. No: 17-1
Esenyurt / İstanbul
Tel: (0212) 886 83 30 / **Sertifika No:** 50884

Timaş Basım Ticaret ve Sanayi AŞ
Cağaloğlu, Alemdar Mah. Alay Köşkü Cad. No: 5 Fatih / İSTANBUL
Tel: (0212) 511 24 24 Sertifika No: 45587
bilgi@gulcekitap.com.tr

KURBAĞA KURİŞ

Şen Kasabası'nda hiç kimsenin yaşamadığı çok eski bir ev, evin bahçesinde de bir su kuyusu varmış. Kasabadaki hayvanlar kuyuya para atıp dilek dilermiş. Kuyunun, dileklerini gerçekleştireceğine inanırlarmış.

Günlerden bir gün kuyunun başına kaplan yavrusu Koni gelmiş. Cebinden madeni bir para çıkarmış ve atmış kuyunun içine. Bir sağına bakmış, bir soluna bakmış, etrafta kimseciklerin olmadığını anlayınca kuyuya eğilmiş,

– Eğer karnemdeki tüm notlar iyi olursa, babam bana mavi bir bisiklet alacak. Lütfen karnemdeki tüm notlar iyi olsun, diye fısıldamış.

Sonra da neşe içinde evinin yolunu tutmuş.

Biraz sonra kuyunun başına Tanem Hanım gelmiş. Çantasından bir madeni para çıkarmış ve kuyunun içine atmış.

Kuyuya eğilip,

– Çiçekleri çok ama çok seviyorum. Keşke bir çiçekçi dükkânım olsa. O zaman bir sürü çiçeğim olur, diye fısıldamış.

Sonra da, "Gıt gıt gıdak, yumurtam sıcak!" diye şarkılar söyleyerek evinin yolunu tutmuş.

Son olarak Keçi Kokeç Bey gelmiş kuyunun başına.

Yavaşça eğilip,

– Tüm kemiklerim sızım sızım sızlıyor. Ağrıdan yürüyemez oldum. Sağlıklı olmayı diliyorum, diye fısıldamış.

Dileğini diledikten sonra bastonuna dayanıp kasabanın yolunu tutmuş.

Günler geçmiş, yağmurlar yağmış, rüzgârlar esmiş. Göçmen kuşlar gelmiş, dallar çiçeklerle dolmuş.

Dilek kuyusu sessiz sessiz beklerken bir sabah acayip bir gürültü kopmuş. Koni, Tanem Hanım ve Kekeç Bey kuyunun başında bağırışıyorlarmış. Ama hep bir

ağızdan konuştukları için hiçbirinin ne dediği anlaşılmıyormuş. Aniden kuyunun içinden bir ses duyulmuş:

– Teker teker konuşun, lütfen!

Üçü de şaşkınlıktan ne yapacağını şaşırmış. Çünkü kuyu ilk defa konuşuyormuş.

Kaplan Koni,

– Dilek kuyusu, dilek kuyusu! Birkaç ay önce gelip karnemdeki tüm notların iyi olmasını diledim ama

karnemde bir sürü kötü not var, diye bağırmış.

Sıra Tanem Hanım'a gelmiş.

– Ben de çiçekçi olmayı dilemiştim ama bu kadar zaman beklediğim halde hiçbir şey olmadı. Dileğim neden gerçekleşmedi, diye sormuş.

Kekeç Bey aceleyle söze başlamış,

– Ben de aylar önce sağlığıma kavuşmayı dilemiştim ama ağrılarım geçeceği yerde daha da arttı, demiş.

Üç kafadar sinirli sinirli yürümeye başlamış. Bu sırada kuyu,

– Şikâyetleriniz bitti mi, diye sormuş.

Hep bir ağızdan, "Evet!" diye bağırmışlar.

Kuyu kızgın bir şekilde konuşmaya başlamış,

– Arkadaşlar, hiç kuyuya para atıp dilek dilenir mi? Eğer bir şey istiyorsanız Allah'tan isteyeceksiniz. Yani dua edeceksiniz, demiş.

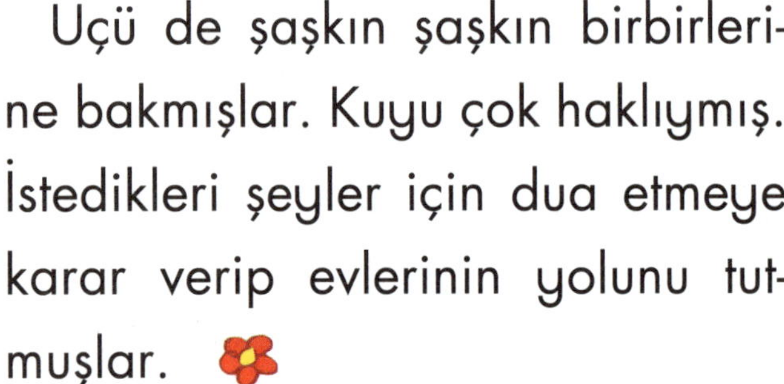

Üçü de şaşkın şaşkın birbirlerine bakmışlar. Kuyu çok haklıymış. İstedikleri şeyler için dua etmeye karar verip evlerinin yolunu tutmuşlar.

Aylar geçmiş, rüzgâr esmiş, yağmur yağmış; bulutlar gökyüzünü kaplamış ve hava soğumuş.

Günlerden bir gün Koni, Tanem Hanım ve Kekeç Bey yine kuyunun başında toplanmışlar. Hepsi kızgın kızgın bağırıyormuş.

Kuyu,

– Ne oldu yine? Neden bağırıyorsunuz, diye sormuş.

Koni,

– Hepimiz dua ettik ama yine de isteklerimiz kabul olmadı. Ne benim notlarım düzeldi, ne Tanem Hanım çiçekçi dükkânı açabildi. Ne de Kekeç Bey'in sağlığı düzeldi, demiş.

– Peki, dualarınızın kabul olması için gayret gösterdiniz mi, diye sormuş kuyu.

Hepsi birbirine bakmış. Kuyunun ne demek istediğini anlamamışlar.

Kekeç Bey,

– Biz sadece dua ettik. Başka ne yapacaktık ki, diye sormuş.

– İstekleriniz için hem dua etmeli hem de çaba göstermelisiniz, diye cevaplamış kuyu.

Şaşkın şaşkın birbirlerine bakmaya devam etmişler. Kuyunun söylediklerini anlayamadıkları belliymiş. Tanem Hanım,

– Ne yapmamız lazım, diye sormuş.

– Çiçekçi olmak için emek harcamalısın. Eğer emek verirsen,

Allah senin ne kadar azimli olduğunu görür. Söyle bakalım, evinin bahçesi var mı?

– Evet, bahçem var, diye cevaplamış Tanem Hanım.

Kuyu,

– Ne güzel işte bahçene çiçekler ek, onları büyütüp sat. Yani hem emek ver hem dua et, demiş.

Tanem Hanım neşe içinde kuyunun söylediklerini yapmak için evinin yolunu tutmuş.

Koni kuyunun başına gelip,

– Peki, ben ne yapacağım, diye sormuş.

Kuyu,

– Derslerine daha çok çalışacaksın elbette, diye yanıt vermiş.

Son olarak Kekeç Bey gelmiş kuyunun başına,

– Ben yaşlı bir keçiyim. Elimden ne gelir bilmiyorum, demiş.

Kuyu, Kekeç Bey'e sağlıklı beslenmesini, spor yapmasını ve düzenli olarak doktora gitmesini söylemiş. Koni ve Kekeç Bey de kuyuya teşekkür edip yanından ayrılmışlar.

Günler, aylar geçmiş. Hava soğumuş, karlar yağmış. Dereler buz tutmuş.

Bu soğuk günlerden birinde kuyunun başında neşeli kahkahalar duyulmuş.

Kuyu,

– Kim var orada, diye seslenmiş.

Kuyunun başındakiler Koni, Tanem Hanım ve Kekeç Bey imiş. Hepsi kuyunun söylediklerini yapmışlar.

Koni derslerine çok çalışmış, Tanem Hanım bahçesine güzel çiçekler ekmiş, Kekeç Bey sağlıklı beslenip spor yapmış. Ve elbette hepsi Allah'a dua etmiş.

Artık Tanem Hanım'ın bir çiçekçi dükkânı varmış. Kekeç Bey sağlığına kavuşmuş. Koni de buraya babasının hediye ettiği bisikletle gelmiş.

Üçü de olanları anlatıp teşekkür ettiği sırada kuyudan bir kurbağa "Vırrak!" diyerek sıçrayıvermiş.

Hepsi şaşkına dönmüş. Minik kurbağaya, "Bizimle konuşan sen miydin?" diye sormuşlar.

Kurbağa gülümseyip,

– Benim adım Kuriş. Bu kuyuda yaşıyorum. Sizlerin adına çok sevindim. İstekleriniz için sadece Allah'a dua edip çaba harcamanız gerektiğini öğrendiniz. Bir kuyunun konuşacağına inanmadınız değil mi, demiş.

Hep birlikle gülmeye başlamışlar. Ama Kuriş'in son bir isteği daha varmış. İçinde kuyuya atılan paraların olduğu keseyi uzatmış,

– Bu paraları sahiplerine geri vermenizi rica ediyorum, demiş.

Koni, Tanem Hanım ve Kekeç Bey onlara doğru yolu gösteren Kuriş'in isteğini seve seve yerine getirmiş. Kuriş de yaptığı doğru davranışla kasabalılardan güzel dualar almış.

AYET

"(Ey Muhammed) Kullarım, beni senden sorarlarsa, (bilsinler ki), gerçekten ben (onlara çok) yakınım. Bana dua edince, dua edenin duasına cevap veririm. O halde, doğru yolu bulmaları için benim davetime uysunlar ve bana iman etsinler."

(Bakara Sûresi, 186. Ayet)

EĞLENELİM - ÖĞRENELİM

Kuyudaki ses kimden geliyordu?

Kurbağa Kuriş dostlarına hangi tavsiyelerde bulundu?

İsteklerimizin olması için kime dua eder, kimden yardım isteriz?

HİKÂYELERLE DİNÎ DEĞERLER

Maymun Miço

Yazan: Asiye Aslı Aslaner
Resimleyen: Gökhan Gülkan
Danışmanlar: Prof. Dr. Mehmet Emin Ay
Duygu Kaçaranoğlu

Yayın Yönetmeni: Savaş Özdemir
Editör: Sevinç S. Erzurumlu
Kapak Tasarım: Sefer Koçan
İç Tasarım: Nur Kayaalp

Yayın No: 3829
ISBN: 978-605-08-1998-4
Raf: 6 Ay-5 Yaş Masal Hikâye

7. Baskı / Ekim 2025

Baskı ve Cilt: WPC Matbaacılık
Osmangazi Mah. Mehmet Deniz Kopuz Cad. No: 17-1
Esenyurt / İstanbul
Tel: (0212) 886 83 30 / **Sertifika No:** 50884

Timaş Basım Ticaret ve Sanayi AŞ
Cağaloğlu, Alemdar Mah. Alay Köşkü Cad. No: 5 Fatih / İSTANBUL
Tel: (0212) 511 24 24 Sertifika No: 45587
bilgi@gulcekitap.com.tr

MAYMUN MİÇO

Hayvanlar şehrinin masmavi denizinde dolaşan, Mutlu adında bir balıkçı teknesi varmış. Bu teknenin kaptanı da Maymun Miço imiş.

Maymun Miço teknesini çok severmiş.

Her sabah erkenden kalkıp teknesini hazırlar ve balık tutmak için denize açılırmış.

Tuttuğu balıkları pazarda satar, kazandığı paralarla da çocukları- na türlü türlü hediyeler alırmış.

Miço her zaman yaptığı gibi o gün de erkenden kalkmış ve teknesi Mutlu'ya binip denize açılmış. Masmavi denizde ilerlemiş, ilerlemiş... Bir sürü balığın zıp zıp zıpladığı bir koya gelmiş. Kendi

kendine, "En iyisi buraya demir atayım," demiş ve ağlarını denize bırakıp beklemeye başlamış.

Beklemiş, beklemiş... Derken ağlar kıpırdamış. Kaptan Miço da tüm gücüyle ağları tekneye çekmiş.

Kendi kendine, "Acaba ağıma kaç balık takılmıştır," diyormuş.

Çekmiş, çekmiş... Miço'nun gücü tükenmek üzereymiş çünkü ağına takılan balık çok ağırmış.

Ağları tekneye çekince bir de bakmış ki içindeki bir balık değil kocaman bir kaplumbağa.

Miço şaşkın şaşkın,

– Sen bir kaplumbağasın. Oysa ben balık tutmak istiyordum, demiş.

Kaplumbağa üzgün üzgün bakıp,

– Benim adım Kocaman. Ben de balıklar gibi denizde yaşarım. Nefes almak için arada bir kafamı dışarı çıkarırım. Yine başımı dışarı çıkarmışlım ki sizin ağınıza takıldım, demiş.

Kaptan Miço ne yapacağını bilememiş. Kendi kendine, "Acaba bu kocaman kaplumbağa pazarda satılır mı?" diye düşünürken Kocaman,

– Lütfen, beni bırakın Bay Kaptan. Eğer beni bırakırsanız bu iyiliğinizi hiç unutmam. Bir gün ben de sizin için bir şeyler yaparım, diye bağırmış.

Miço, bir kaplumbağanın ona iyilik yapabileceğine hiç inanmamış. Ama yine de Kocaman'ı kırmak istememiş.

– Haydi, yeniden denizine dön, demiş ve kaplumbağayı ağların arasından çıkarıp mavi sulara geri bırakmış.

Kaplumbağa yavaş yavaş uzaklaşırken, Miço ağını tekrar denize atmış ve başlamış beklemeye. Beklemiş, beklemiş...

Kendi kendine, "Galiba balıkları kaçırdım," diye düşünürken ağlarının kıpırdadığını görmüş. Tüm gücüyle ağı tekneye çekmeye başlamış.

Ama ağa takılan her ne ise o kadar ağırmış ki Miço zar zor kaldırıyormuş.

Sonunda ağı çekmeyi başarmış. Büyük bir balık sürüsü yakaladığını düşünüyormuş. Ama ağı açınca gözlerine inanamış; içinde kocaman bir yunus varmış.

Miço,

– Hey, senin ne işin var burada, diye sormuş.

Yunus,

– Benim adım Yupyup. Yavrum ağlarına doğru yüzüyordu. Takılmasın diye arkasından geçip

kuyruğumla itiverdim ama bu sefer de ağına ben takıldım, demiş.

– Demek öyle, diye karşılık vermiş Kaptan Miço.

Yupyup,

– Yavrum şimdi beni arıyordur. Bulamazsa çok korkar, demiş yaşlı gözlerle.

Miço, Yupyup'un başına gelenlere çok üzülmüş. Aklına kendi yavruları gelmiş. Yupyup'a ağın içinden çıkması için yardım edip gülümseyerek,

– Haydi, yavrunun yanına dön, demiş.

Yupyup,

– Teşekkür ederim Kaptan. Bu iyiliğini asla unutmayacağım, bir gün mutlaka ben de sana bir iyilik yapacağım, deyip mavi sulara dalmış.

Kaptan Miço Yupyup'un arkasından bakıp kendi kendine, "Koskocaman denizde bu yunusla bir daha nasıl karşılaşacağız, demiş.

Teknesini çalıştırıp,

– Haydi bakalım Mutlu! Bugün balık tutamadık. Biz de erkenden evimize dönelim. Zaten hava da soğumaya başladı, demiş.

Biraz sonra deniz dalgalanmaya, rüzgâr "Vuuu! Vuu!" diye esmeye başlamış. Miço dümeni zar zor tutuyormuş. Fırtına birden öyle şiddetlenmiş ki zavallı Mutlu sürüklenmeye başlamış. Miço ayakta zor duruyormuş.

İlerideki kayalıkları görünce korku içinde bağırmış:

– Eyvah! Fırtına bizi kayalıklara doğru sürüklüyor Mutlu! Ne yapacağız şimdi!

Tam kayalıklara çarpacakları sırada teknenin altından 'Tak!' diye bir ses gelmiş.

Tekne biraz sonra kayalıklardan uzaklaşmaya başlamış.

Miço ne olduğunu anlamak için eğilip aşağıya bakınca bir de ne görsün. Kaplumbağa Kocaman, kabuğuyla Mutlu'yu sırtına almış, götürüyor.

Miço sevinçle,

– Gördün mü Mutlu; kaplumbağa yaptığımız iyiliği unutmamış, diye bağırmış.

Gitmişler, gitmişler... Sakin bir koya gelince, Kocaman teknenin altından çıkmış.

Miço, Kocaman'a teşekkür edip el sallamış.

Kocaman gülümsemiş,

– Ne önemi var, Kaptan! Görüşmek üzere, demiş ve mavi sulara dalıp gözden kaybolmuş.

Kocaman uzaklaştıktan sonra Miço şöyle bir etrafına bakınmış:

– Neredeyiz acaba? Daha önce hiç bu kadar uzağa gelmemiştik, demiş.

Eve nasıl döneceğini düşünüyormuş ki Yunus Yupyup ve yavrusu denizin içinden çıkıvermişler.

– Merhaba kaptan! Buralarda ne yapıyorsun, diye sormuş Yup-yup. Miço fırtınayı, kaplumbağa Kocaman'ın onları kayalıklara çarpmaktan nasıl kurtardığını anlatmış.

– Ama nerede olduğumuzu bilemiyoruz. Eve gidelim derken sanırım daha da uzaklaştık, demiş dertli dertli.

Yupyup ve yavrusu gülümseyip,

– Düşün peşimize o zaman, demişler ve Miço'ya iskeleye kadar yol göstermişler.

Miço, iyilik yapmanın ne kadar önemli bir şey olduğunu bir kez daha anlamış.

Yaptığı iyilikler, karşılıksız kalmadığı için de çok mutlu olmuş.

Yupyup ve yavrusuna el sallayıp neşe içinde evinin yolunu tutmuş.

AYET

"Kim bir iyilik yaparsa, Allah bunun karşılığında ona on sevap verir."

(Enam Sûresi, 160. Ayet)

EĞLENELİM - ÖĞRENELİM

Maymun Miço, ağına takılan hayvanları neden serbest bıraktı?

Denizde fırtına çıkınca ne oldu?

Maymun Miço yaptığı iyiliğin karşılığını nasıl aldı?

HİKÂYELERLE DİNÎ DEĞERLER

Kuzucuk Kuzi

Yazan: Asiye Aslı Aslaner
Resimleyen: Gökhan Gülkan
Danışmanlar: Prof. Dr. Mehmet Emin Ay
Duygu Kaçaranoğlu

Yayın Yönetmeni: Savaş Özdemir
Editör: Sevinç S. Erzurumlu
Kapak Tasarım: Sefer Koçan
İç Tasarım: Nur Kayaalp

Yayın No: 3830
ISBN: 978-605-08-1997-7
Raf: 6 Ay-5 Yaş Masal Hikâye

7. Baskı / Ekim 2025

Baskı ve Cilt: WPC Matbaacılık
Osmangazi Mah. Mehmet Deniz Kopuz Cad. No: 17-1
Esenyurt / İstanbul
Tel: (0212) 886 83 30 / **Sertifika No:** 50884

Timaş Basım Ticaret ve Sanayi AŞ
Cağaloğlu, Alemdar Mah. Alay Köşkü Cad. No: 5 Fatih / İSTANBUL
Tel: (0212) 511 24 24 Sertifika No: 45587
bilgi@gulcekitap.com.tr

KUZUCUK KUZİ

Kuzucuk Kuzi, hayvanların mutluluk içinde yaşadıkları Şen Kasabası'nda ailesiyle birlikte yaşarmış.

Ailesi Kuzi'yi çok sever, bir dediğini iki etmez, Kuzi ne isterse hemen alır, nereye gitmek isterse hemen götürürlermiş.

Fakat Kuzi bir türlü mutlu olmazmış. Ailesinin ona aldığı hediyeleri beğenmez, bir kenara fırlatır ya da hemen kırarmış.

Kuzi o gün okuldan neşe içinde dönmüş. Karnesindeki tüm notlar pekiyi imiş. Annesi,

– Kuzi, karnendeki notlar çok güzel. Ödül olarak sana ne alalım güzel kızım, diye sormuş.

Kuzi bir süre düşünüp,

– En güzel ve en büyük bebeği almak ve arkadaşlarımı eve davet etmek isterim, diye karşılık vermiş.

Davet günü annesi ve babası evlerini bir güzel süslemiş. Annesi kocaman pembe bir pasta yapmış. Kuzi'nin tüm sınıf arkadaşları davetliymiş.

Biraz sonra kapı çalmış ve Ayıcık Şambali gelmiş. Onu Kedicik Kuli, Ördek Yeşil ve diğer arkadaşları takip etmiş. Hepsinin elinde hediyeler varmış. Kuzi'nin evine ilk kez geldikleri için elleri boş gelmemişler ve her biri Kuzi'ye küçük hediyeler almışlar.

Hep birlikte pasta yiyip sohbet etmişler. Sonra sıra hediyelerin açılmasına gelmiş.

Ayıcık Şambali elindeki paketi uzatıp,

– Umarım beğenirsin arkadaşım, demiş.

Kuzi heyecanla paketi açmış. İçinden bir masa lambasının çıktığını görünce somurtup,

– Benim bir masa lambam var zaten. Hem de bundan daha güzel, deyip hediyeyi bir kenara koymuş.

Şambali çok üzülmüş ama bir şey dememiş. Sıra Kedicik Kuli'nin hediyesine gelmiş. Bu paketten de kırmızı beyaz çizgili, güzel bir atkı çıkmış. Ama Kuzi bunu da beğenmemiş,

– Ben kırmızıyı hiç sevmem, deyip atkıyı bir kenara atmış.

Sıra Ördek Yeşil'in hediyesine gelmiş. Ördek Yeşil kısık bir sesle,

– Umarım istediğin gibi bir hediye almışımdır arkadaşım, deyip paketi Kuzi'ye uzatmış.

Ördek Yeşil ona günlük tutması için bir defter almış ama Kuzi bu hediyeyi de beğenmemiş. Ve defteri bir kenara atmış.

Sıra anne babasının hediyesini açmaya gelmiş. Kuzi çok heyecanlıymış. Tam istediği gibi bir bebek bekliyormuş.

Kocaman hediye paketini zar zor açmış. Ama içinden çıkan bebeği görünce hiç sevinmemiş.

– Ben sarışın bir bebek istemiştim. Ama bu bebeğin saçları kahverengi. Hem elbisesi de hiç güzel değil, deyip bebeği bir kenara atmış.

Kuzi'nin davranışları ailesini ve arkadaşlarını çok üzmüş. Özellikle Ayıcık Şambali çok üzülmüş çünkü bu bebek hayatında gördüğü en güzel bebekmiş.

Günler geçmiş ama Kuzi aynı şekilde davranmaya devam etmiş.

Hiçbir hediyeyi beğenmiyor, hepsini bir bahane bulup kenara atıyormuş.

Birkaç hafta sonra bu kez Ayıcık Şambali sınıf arkadaşlarını evine davet etmiş. Kuzucuk Kuzi de davetliymiş elbette. Annesi,

– Arkadaşına ne alacaksın, diye sormuş. Kuzi,

– O bana bir masa lambası almıştı. Ben de ona bir çalar saat alayım bari, demiş.

Davet günü geldiğinde de almış hediyesini, arkadaşı Şambali'nin evine gitmiş.

Şambali neşe içinde kapıyı açmış. Kuzi içeri girer girmez evde hiç süs olmamamasına şaşırmış. Biraz sonra kapı tekrar çalmış ve diğer arkadaşları da tek tek gelmeye başlamışlar.

Tüm arkadaşları geldikten sonra Şambali'nin annesi küçücük bir pasta getirmiş. Minik minik dilimler kesip herkese ikram etmiş.

Şambali,

– Anneciğim çok teşekkür ederim. Harika bir pasta yapmışsın, deyip annesini öpmüş.

Sonra sıra gelmiş hediyeleri açmaya. Şambali ilk önce Kuzi'nin hediyesini açmış. İçinden çıkan çalar saati görünce çok sevinmiş.

Kuzi kendi kendine, "Allah Allah! Ufacık pasta için teşekkür etti, şimdi de çalar saat gibi önemsiz bir hediye için sevinçten havalara uçtu. Ben olsaydım ne yapardım acaba?" diye düşünmüş.

Şambali sırayla tüm paketleri açmış. İçlerinden eldiven, toka, boya kalemi gibi küçük hediyeler çıkmış. Şambali her hediye için sanki en güzel hediyeymiş gibi sevinmiş. Kuzi çok şaşırmış.

Az sonra Şambali'nin annesi elinde bir paketle gelmiş.

– Canım kızım, bu da benim hediyem, demiş.

Şambali heyecanla paketi açmış.

Kutunun içinden küçücük bir bebek çıkmış. Şambali sevinçle annesine sarılıp teşekkür etmiş.

Akşama doğru herkes teker teker evinin yolunu tutmuş. Şambali arkadaşlarını yolcu etmek için kapıya kadar gelmiş. Sonunda vedalaşma sırası Kuzi'ye gelmiş. Kuzi merakla sormuş,

– Şambali, o küçücük hediyelere neden bu kadar çok sevindin?

Şambali,

– Sevgili arkadaşım, benim ailem istediğim her şeyi alamıyor. En küçük şeye bile şükretmeyi ve sahip olduklarımın değerini bilmeyi öğrendim, diye cevap vermiş.

Şambali'nin sözleri Kuzi'yi hem şaşırtmış hem de çok etkilemiş.

Bugüne kadar istediği her şeye sahip olduğu hâlde hiç şükretmediğini fark etmiş.

Evine gider gitmez anne ve babasına sarılıp bugüne kadar ona aldıkları tüm güzel hediyeler için teşekkür etmiş. O günden sonra da her zaman şükredip elindekilerin değerini bilerek yaşamış.

AYET

"Öyleyse (yalnızca) Beni anın, Ben de sizi anayım; ve (yalnızca) Bana şükredin ve (sakın) nankörlük etmeyin."

(Bakara Sûresi, 152. Ayet)

EĞLENELİM - ÖĞRENELİM

Kuzi hediyelerini açınca ne yaptı?

Şambali hediyelerini açınca ne yaptı?

Kuzi hatasını anlayınca ne yaptı?

HİKÂYELERLE DİNÎ DEĞERLER

Midilli Mini

Yazan: Asiye Aslı Aslaner
Resimleyen: Gökhan Gülkan
Danışmanlar: Prof. Dr. Mehmet Emin Ay
Duygu Kaçaranoğlu

Yayın Yönetmeni: Savaş Özdemir
Editör: Sevinç S. Erzurumlu
Kapak Tasarım: Sefer Koçan
İç Tasarım: Nur Kayaalp

Yayın No: 3831
ISBN: 978-605-08-1999-1
Raf: 6 Ay-5 Yaş Masal Hikâye

7. Baskı / Ekim 2025

Baskı ve Cilt: WPC Matbaacılık
Osmangazi Mah. Mehmet Deniz Kopuz Cad. No: 17-1
Esenyurt / İstanbul
Tel: (0212) 886 83 30 / **Sertifika No:** 50884

Timaş Basım Ticaret ve Sanayi AŞ
Cağaloğlu, Alemdar Mah. Alay Köşkü Cad. No: 5 Fatih / ISTANBUL
Tel: (0212) 511 24 24 Sertifika No: 45587
bilgi@gulcekitap.com.tr

MİDİLLİ MİNİ

Diyarların birinde hayvanların mutluluk içinde yaşadıkları Şen Ülkesi varmış. Midilli Mini de bu ülkede yaşayan küçük bir taymış. Mini, evini, ailesini ve okulunu çok seviyormuş. Ama en çok dedesi Meyi'yi seviyormuş.

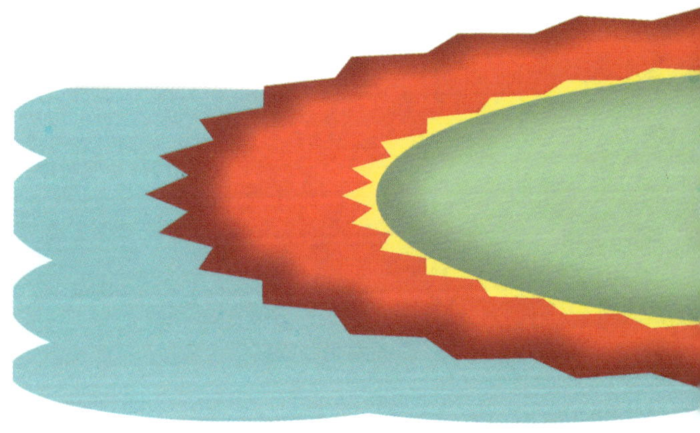

Annesi Mini'yi her sabah öperek uyandırırmış. Mini de hiç mızmızlanmadan kalkar, elini yüzünü yıkayıp sofraya otururmuş.

Kahvaltısı bitince dedesi

Meyi'yi, tombul yanaklarından öpüp neşe içinde okulunun yolunu tutarmış.

Mini henüz küçük olduğu için anaokuluna gidiyormuş. Sınıf arkadaşlarıyla birlikte resim yapıyor ya da bahçede oyunlar oynuyormuş. Ama Mini'nin en sevdiği şey tiyatro oyunları izlemekmiş. Oyuncuların renkli kıyafetleri, söyledikleri şarkılar, yaptıkları şakalar, sakarlıklar Mini'yi çok güldürürmüş.

Mini o gün yine çok heyecanlıymış çünkü okulda tiyatro gösterisi varmış. En ön sırada yer kapmak için koşa koşa salona gitmiş. Sahneyi en güzel gören yeri bulup oturmuş. Ve başlamış beklemeye...

Biraz sonra sahneye öğretmenleri Gelincik Bahar Hanım çıkmış,

– Çocuklar, bugün sizlere değişik bir gösteri sunacağız. Karşınızda illüzyonist Kurt Kurti, demiş.

Kurt Kurti başında siyah bir şapka ve pelerinle sahneye çıkmış. Önce şapkasının içini göstermiş. Şapkanın içi bomboşmuş. Kurti,

– Hoooop, der demez şapkanın içinden beyaz bir tavşan çıkmış.

Mini o kadar çok şaşırmış ki şaşkınlıktan alkışlamayı bile unutmuş. Kurti bu kez eline boş bir tabak almış. Aynı sözleri tekrar etmiş. "Hooop" Ve pufff! Tabağın içi rengârenk çiçeklerle doluvermiş.

Kurti birbirinden güzel numaralarla gösterisine devam etmiş.

Mini ve arkadaşları gördüklerine inanamamışlar. Kurti'yi gözlerini bile kırpmadan izlemişler.

Kurti gösterinin sonunda şapkasını çıkarıp selam vermiş ve pelerinine sarınıp dumanların içinde kaybolmuş sanki.

Herkes gibi Mini de gösteriyi çok beğenmiş.

O gün Mini heyecanla eve gelmiş ve dedesinin yanına koşup Kurti'nin gösterisini anlatmaya başlamış:

– Dedeciğim, bugün okulda harika bir gösteri vardı. Kurt Kurti şapkasının içinden tavşan çıkardı. İnanılmaz değil mi? Ben de büyüyünce onun gibi numaralar yapmak istiyorum...

Dedesi Meyi, Mini'yi dikkatle dinleyip,

– Öyle mi? Çok ilginç, demiş.

Mini heyecanla,

– Evet, dedeciğim. Bir bakıyorsun elinde bir şey yok, sonra "Hoop," elinde kocaman bir buket çiçek var. Ne kadar ilginç değil mi? Bende büyüyünce bir illüzyonist olmak istiyorum, diye devam etmiş.

Dedesi düşünceli bir şekilde Mini'nin başını okşayıp,

– Mini, yarın okul tatil. Seninle biraz dolaşalım mı, diye sormuş.

Ertesi gün kahvaltı edip düşmüşler yollara. Uzun bir yolculuktan sonra kapısında "Çiftlik" yazan bir yere gelmişler. Her yerde kahverengi minik kelebekler uçuşuyormuş. Mini hayranlıkla kelebekleri izlemeye başlamış.

Dedesi,

– Mini, burası ipek ipliği üretim tesisi, demiş ve Mini'nin elinden tutup onu bir odaya götürmüş. Bu odada küçük küçük raflarda duran, binlerce minik, beyaz yumurta varmış.

– Bunlar ipek böceği kozaları Miniciğim. Tırtıllar etraflarına bu kozayı örüp içinde uyuyorlar.

Sonra da birer kelebek olarak uyanıyorlar. Bu kozaların liflerinden de ipek yapılıyor, demiş.

Mini iplerde sallanıp duran beyaz yumurtacıklara şaşkın şaşkın bakıp sormuş:

– Peki, tırtıllar nereden geliyor?

– Kelebekler, içinde tırtıl olan yumurtalar yumurtluyor, diye cevap vermiş dedesi.

Mini, hayranlıkla dedesini dinleyip uzun uzun kozaları incelemiş.

Bir süre sonra açlıktan midesi guruldamaya başlamış. Dedesi de

onu kocaman bir meyve bahçesine götürmüş.

Ağaçlardan çeşit çeşit meyve toplamışlar; erik, elma, kayısı. Sonra da meyveleri çeşmede güzelce yıkayıp yemeye başlamışlar.

– Bu meyveler nereden geliyor biliyor musun Mini, diye sormuş dedesi.

– Ağaçlardan geliyor dedeciğim, diye cevap vermiş Mini.

Dedesi,

– Evet, ama ağaç olmadan önce hepsi birer çekirdekti, demiş.

– Toprağa dikilip sulandılar, sonra kocaman birer ağaç olup meyve verdiler, diye devam etmiş sözlerine.

Mini, dedesinin anlattıklarını düşünürken,

Ağacın dalındaki kuş yuvasını görmüş. Yuvanın içi boşmuş. Merakla,

– Dedeciğim, bu yuva neden boş, diye sormuş.

Dedesi,

– Şuradaki ebabil kuşlarını görüyor musun? Onlardan biri yuvaya yumurtalarını bırakacak. Sonra yumurtalardan minik minik ebabil kuşları çıkacak, diye cevap vermiş.

Mini, dedesinin anlattıklarını dikkatle dinlemiş.

Dedesi,

– Mini, yoktan var etmek sadece Allah'a mahsustur. İpek böceği olmasa, tırtıl olmaz. Kuş olmasa yumurta olmaz, demiş.

Mini gülümseyerek,

– Yani bu küçük tohum olmasa, meyve ağaçları da olmaz, öyle değil mi dedeciğim, demiş.

– Evet Mini, çok doğru, diye yanıtlamış dedesi.

Mini, dedesine dönüp merakla sormuş:

– Peki, Kurt Kurti o müthiş numaraları nasıl yapıyor o zaman?

Dedesi yavaşça Mini'ye yaklaşmış, yelelerini okşamış ve bir anda kulaklarının arkasından madeni bir para çıkarıvermiş.

– İllüzyon sadece el çabukluğudur, deyip parayı Mini'ye uzatmış.

Mini hayranlık dolu bakışlarla,

– Dedeciğim, sen de bir illüzyonistsin, diye bağırmış.

Dedesi,

– Bu sadece küçük bir numara. Ellerimi öyle hızlı hareket ettirdim ki sen parayı avucumun içinden çıkarttığımı göremedin, diyerek gülümsemiş.

Mini,

– Dede, ben hâlâ illüzyonist olmak istiyorum. Bu yanlış mı, diye sormuş.

Dedesi,

– Tabii ki değil Mini. Yaratma gücünün sadece Allah'ta olduğunu bildikten sonra illüzyonist olmanda hiçbir sakınca yok. Ben de gösterilerine gelip alkışlarım seni.

Mini böylece yaratma gücünün sadece Allah'ta olduğunu öğrenmiş.

Güneş yavaş yavaş batarken Mini ve dedesi el ele tutuşup neşe içinde evlerinin yolunu tutmuşlar.

AYET

"Yaratan Rabbinin adıyla oku! ..."

(İkra Sûresi, 1. Ayet)

EĞLENELİM - ÖĞRENELİM

Dedesi Midilli Mini'yi nereye götürdü?

Mini, çiflikte neler gördü?

Midilli Mini çiflikteki gezintisinin sonunda neyi öğrendi?

HİKÂYELERLE DİNÎ DEĞERLER

Ayıcık Kayu

Yazan: Asiye Aslı Aslaner
Resimleyen: Gökhan Gülkan
Danışmanlar: Prof. Dr. Mehmet Emin Ay
Duygu Kaçaranoğlu

Yayın Yönetmeni: Savaş Özdemir
Editör: Sevinç S. Erzurumlu
Kapak Tasarım: Sefer Koçan
İç Tasarım: Nur Kayaalp

Yayın No: 3832
ISBN: 978-605-08-1992-2
Raf: 6 Ay-5 Yaş Masal Hikâye

7. Baskı / Ekim 2025

Baskı ve Cilt: WPC Matbaacılık
Osmangazi Mah. Mehmet Deniz Kopuz Cad. No: 17-1
Esenyurt / İstanbul
Tel: (0212) 886 83 30 / **Sertifika No:** 50884

Timaş Basım Ticaret ve Sanayi AŞ
Cağaloğlu, Alemdar Mah. Alay Köşkü Cad. No: 5 Fatih / İSTANBUL
Tel: (0212) 511 24 24 Sertifika No: 45587
bilgi@gulcekitap.com.tr

AYICIK KAYU

Ayıcık Kayu ve annesi, kocaman bir dağın eteğindeki yemyeşil ormanda mutluluk içinde yaşarmış.

Günlerini ormanda gezip yiyecek arayarak geçirir, akşam olunca da inlerine girip uyurlarmış. Sabah olup güneş doğunca Kayu etrafta koşturur, çiçekleri koklar, her şeye küçük pençeleriyle dokunurmuş. Kayu çok meraklı ve akıllı bir ayıcıkmış.

Kayu ile annesi bir gün ormanda yiyecek aramaya çıkmış. Fakat Kayu'nun canı oyun oynamak istiyormuş. Annesi,

– Yakında uzun bir kış uykusuna yatacağız. Önce karnımızı güzelce doyuralım sonra oynarsın, demiş.

Yürümüşler yürümüşler nehrin kenarına gelmişler. Kayu merakla etrafına bakınırken annesi,

– Kayucuğum, beni bu kayanın arkasında sessizce bekle, demiş ve balık yakalamak için nehre dalmış.

Kayu da merakla onu izlemeye başlamış.

Annesi zıplayan balıkları yakalamaya çalışıyormuş. Balıklar havaya zıplıyor, annesi, "Hooop!" bir pençe atıyormuş. Annesi bir süre yüzdükten sonra dinlenmek için kıyıya çıkmış. Ama Kayu zıp zıp zıplayan balıkların hepsini bir anda yakalamak için nehrin içine atlayıvermiş.

Onu gören balıklar korkup kaçmışlar. Kayu bir bakmış ki etrafında hiç balık yok. Şaşkın şaşkın balıkları aramış ama bulamamış.

Davranışının yanlış olduğunu anlayıp annesinin yanına gitmiş.

– Bütün balıkları kaçırdım. Özür dilerim anneciğim, demiş.

Annesi başını okşayıp,

– Önemli değil Kayu. Sen de bir gün sabırlı olmayı öğreneceksin, demiş.

Sonra da el ele tutuşup armut toplamak için yola koyulmuşlar.

Kayu,

– Yaşasın! Bayılırım armuda, diye bağırmış sevinçle.

Az gitmişler, uz gitmişler sonunda meyve ağaçlarının olduğu yere gelmişler.

Annesi ağaçları gösterip,

– Ben ağaca çıkıp meyveleri toplayacağım. Sakın ağaca tırmanmaya çalışma, demiş.

Kayu,

– Peki, anneciğim, demiş ve annesini izlemeye başlamış.

Armutlar pat pat düşüyor, Kayu da onları hapır hupur yiyormuş.

Bir anda gözü en yüksek dalda sallanan armutlara takılmış.

– Anne! Anne! Yukarıda daha büyük armutlar var, diye bağırmış ama annesi onu duymamış.

Kayu, annesine sesini duyuramayınca, "En iyisi ben çıkıp toplayayım şu armutları," demiş kendi kendine. Hızlı hızlı tırmanmaya başlamış ağaca. Tırmanmış tırmanmış...

Bir süre sonra çok yorulmuş, küçük kollarında daha fazla tırmanacak güç kalmamış.

Kafasını çevirip aşağı bakınca ne kadar yükseğe tırmandığını anlamış.

– Anneciğim, imdat, diye bağırmaya başlamış.

Annesi, Kayu'nun sesini duyar duymaz hemen yanına gelmiş.

– Kayu sırtıma sıkıca tutun, demiş. Kayu annesine sıkı sıkı sarılmış. Korkudan kolları titriyormuş.

Yavaş yavaş inmişler ağaçtan.

Kayu sabırsızlık yapıp izin almadan ağaca çıktığı için annesinden özür dilemiş. Annesi,

– İyi ki sana bir zarar gelmedi. Arılar bugün kovanlarından bal almamıza izin verecekler. Haydi! Acele edelim, demiş.

Kayu,

– Öyle mi? Süper, diye bağırmış ve annesiyle birlikte kovanlara doğru yürümeye başlamış.

Yol boyunca annesi, Kayu'ya bal toplamak hakkında bir sürü bilgi vermiş. Kovanlardan bal alırken pençeleriyle arılara zarar vermemeleri

gerektiğini, onlar kovandan çıktıktan sonra bal alacaklarını anlatmış.

– Eğer onları korkutursak iğnelerini yanlışlıkla bize batırabilirler, çok dikkatli olmalıyız, diye de eklemiş.

Kayu,

– Anladım anneciğim, demiş ve yollarına devam etmişler.

Biraz sonra kovanların olduğu yere gelmişler. Ortalık sessizmiş sadece birkaç arının vızıltıları duyuluyormuş.

Annesi ağaçlara asılı duran kovanları gösterip,

– Burada bekleyelim, arılar polen almak için çıkınca bize işaret verecekler, demiş.

Kayu,

– Tamam anneciğim, diye karşılık vermiş.

Ve başlamışlar beklemeye. Beklemişler, beklemişler... O kadar çok beklemişler ki Kayu'nun canı sıkılmaya başlamış. Annesi de bir köşede dinleniyormuş.

Kayu daha fazla dayanamamış kovanların yanına gitmiş. Önce koklamış, sonra da kulağını yaklaştırıp dinlemiş. İçeriden hiç ses gelmeyince, kovanın boş olduğuna karar vermiş.

Küçük pençesini kovanın kapısından içeri uzatmış. Ama boş sandığı kovandan bir sürü arı çıkmış. Kayu kaçmaya çalışmış ama kızgın arılar iğnelerini onun minik kollarına batırıvermişler.

Kayu'nun canı çok acımış.

– Anne! Kurtar beni, diye bağırmaya başlamış.

Annesi hemen koşup gelmiş. Kayu'nun yaralarına şifalı otlar sürmüş.

Kayu bir türlü ders almadığı için başına gelenleri düşünüp çok utanmış.

Günler geçmiş, havalar soğumaya başlamış. Kayu ve annesinin kış uykusuna yatma zamanı gelmiş. İnlerine girip kapılarını kapatmışlar ve birbirlerine "iyi geceler" dileyip derin bir uykuya dalmışlar. Bahar mevsiminde uyanmak üzere gözlerini kapatmışlar.

Gel gelelim Kayu bir türlü uykuya dalamamış. Sağa dönmüş, olmamış. Sola dönmüş, yine olmamış. Yana yatmış, olmamış. Kenara kaymış, yine olmamış. Annesi mışıl mışıl uyuyormuş. Kayu'nun canı çok sıkılmış.

"Şöyle bir dolaşıp gelsem, ne olacak ki," demiş kendi kendine.

Kapıyı aralayıp dışarı bakmış. Her yer karlarla kaplıymış, hemen kapıyı kapatıp yatağına dönmüş.

Sabırlı olmadığı için başına geleleri hatırlayıp, kendi kendine, "Ben en iyisi sabırlı olmaya çalışayım," demiş. Annesine sarılıp uykusunun gelmesini beklemiş. Beklemiş... Beklemiş... Gözleri yavaş yavaş kapanmaya başlamış. Ve sonunda o da annesi gibi derin bir uykuya dalmış.

Kayu ve annesi bir bahar günü kuş sesleriyle gözlerini açmış. Birbirlerine, "Günaydın," deyip inlerinden çıkmışlar. Ormandaki tüm hayvanlar neşe içinde koşup oynuyormuş.

Kayu, annesine uykusunun kaçtığını ama sabredip bekleyince tekrar uykuya daldığını anlatmış.

Annesi gülümseyerek,

– Seninle gurur duyuyorum Kayu. Eğer o soğuk ve karlı havada dışarı çıksaydın başına çok kötü şeyler gelebilirdi. Sen sabırlı davrandın ve daha da büyümüş olarak uyandın, demiş.

Kayu vücudunu incelemiş. Pençelerinin büyüdüğünü, boyunun uzadığını fark etmiş.

Geçen seneye göre daha iri ve tabii ki çok daha güçlüymüş. Kayu sabırlı davrandığı için en doğru olanı yaptığını bir kez daha anlamış.

AYET

"..... Allah sabredenleri sever."

(Âl-i İmrân Sûresi, 146. Ayet)

EĞLENELİM - ÖĞRENELİM

* Kayu, annesinin sözünü dinledi mi?
* Kayu'nun canı niçin yandı?
* Kayu hangi davranışın doğru olduğunu öğrendi?

HİKÂYELERLE DİNÎ DEĞERLER

Sincap Sinko

Yazan: Asiye Aslı Aslaner
Resimleyen: Gökhan Gülkan
Danışmanlar: Prof. Dr. Mehmet Emin Ay
Duygu Kaçaranoğlu

Yayın Yönetmeni: Savaş Özdemir
Editör: Sevinç S. Erzurumlu
Kapak Tasarım: Sefer Koçan
İç Tasarım: Nur Kayaalp

Yayın No: 3833
ISBN: 978-605-08-2001-0
Raf: 6 Ay-5 Yaş Masal Hikâye

7. Baskı / Ekim 2025

Baskı ve Cilt: WPC Matbaacılık
Osmangazi Mah. Mehmet Deniz Kopuz Cad. No: 17-1
Esenyurt / İstanbul
Tel: (0212) 886 83 30 / **Sertifika No:** 50884

Timaş Basım Ticaret ve Sanayi AŞ
Cağaloglu, Alemdar Mah. Alay Köşkü Cad. No: 5 Fatih / İSTANBUL
Tel: (0212) 511 24 24 Sertifika No: 45587
bilgi@gulcekitap.com.tr

SİNCAP SİNKO

Sincap Sinko, tüm hayvanların mutluluk içinde yaşadığı yemyeşil bir ormanın sakinlerinden biriymiş.

Komşuluk etmeyi pek severmiş. Komşularını sık sık ziyaret eder, onlarla dertleşirmiş.

Komşuları, Sinko'nun habersiz ziyaretlerinden pek memnun değilmiş. Ama onun iyi niyetli olduğunu bildikleri için bir şey söylemiyorlarmış.

Günlerden bir gün Sinko kahvaltı hazırlamak için mutfağa gitmiş. Kahvaltı malzemelerini dolaptan çıkarırken kendi kendine, "Aman canım, yalnız kahvaltı edilir mi?" demiş ve karşı komşusu Baykuş Puki'nin kapısını çalmış.

Puki kapıyı açar açmaz Sinko,

– Günaydın komşum. Birlikte kahvaltı edelim mi, diye sormuş.

Puki şaşkınlıktan ne yapacağını şaşırmış. Akşam yemeğine misafirleri geleceği için müsait değilmiş.

– Sinkocuğum, başka bir gün kahvaltı etsek, olur mu? Akşam yemeğine misafirlerim gelecek, diye cevap vermiş.

Sinko umursamaz bir şekilde,

– Aman komşum, kahvaltıdan sonra yaparsın hazırlığını, deyip içeri girmiş.

Puki mecburen kahvaltı sofrasını hazırlamış. Aradan bir saat geçmiş ama Sinko bir türlü kalkmak bilmiyormuş.

Puki,

– Akşam için hazırlık yapayım, diye yerinden kalkınca da,

– Otur komşu. Akşama çok var, deyip onu tekrar oturtmuş.

Böylelikle öğlen olmuş, Sinko da evinin yolunu tutmuş. Puki hazırlık yapamadığı için misafirlerini arayıp başka bir gün gelmelerini rica etmiş. Kendisini zor durumda bıraktığı için de Sinko'ya çok kızmış.

Sinko yaptığı yanlışın farkında değilmiş. Evine doğru giderken kendi kendine, "Zebra Zebi'ye de bir uğrayayım." demiş ve kapısını çalmış.

Zebi evini boyatacağı için tüm eşyalarını kutulara dolduruyormuş. Bu yüzden evi çok dağınıkmış. Ama Sinko buna aldırmadan içeri girivermiş.

– Komşum, bana bir portakal suyu ikram eder misin, diye sormuş.

Zebi,

– Tüm eşyaları kutuların içine koydum. Boya bittikten sonra ikram etsem olur mu, diye karşılık vermiş.

Sinko, Zebi'nin cevabını hiç umursamamış.

– Ben bardakları bulurum, deyip başlamış kutuları karıştırmaya.

Sonunda bardakları bulmuş ve portakal suyu hazırlamak için mutfağa gitmiş. Bir yandan portakalları sıkıyor bir yandan da, "Komşum yorulmuştur. Oturup biraz dinlensin." diyormuş. Fakat Zebi bu durumdan hiç hoşnut değilmiş. Çünkü boyacılar gelmeden, tüm eşyaları kaldırması gerekiyormuş.

Sinko portakal suyunu içip kalkmış ama Zebi hiçbir işini bitiremediği için boyacıları arayıp, "Bu gün gelmeyin." demek zorunda kalmış. Çat kapı gelip işlerini aksattığı için Sinko'ya çok kızmış.

Sinko, Zebi'nin evinden çıktıktan sonra terzi Leylak Hanım'a uğramaya karar vermiş. "Leylak Hanım'a gideyim de evdeki fazla kumaşlardan bana bir elbise diker mi diye sorayım," demiş kendi kendine.

Leylak Hanım elinde çantasıyla kapıyı açmış. Bir yere gitmek üzere olduğu belliymiş. Sinko,

– Leylak Hanım, bana bir elbise dikebilir misiniz diye sormaya gelmiştim, demiş.

Leylak Hanım,

– Sinkocuğum sonra gelsen olmaz mı? Çocuklarımın okulunda veli toplantısı var. Oraya gideceğim, diye karşılık vermiş.

Sinko Leylak Hanım'ın sözlerine hiç aldırmadan,

– Beş dakika canım, deyip içeri girmiş.

Lafı uzatmış da uzatmış. Leylak Hanım da veli toplantısına yetişememiş.

Sinko'nun düşüncesiz davranışları, sonunda komşularının sabrını taşırmış. Bir araya gelip Sinko'nun kalbini kırmadan ona hatasını anlatmanın bir yolunu bulmuşlar.

Ertesi sabah Sinko daha yataktan kalkmadan, kapı çalmaya başlamış.

Gelen Baykuş Puki'ymiş.

– Günaydın. Kahvaltıya geldim, deyip içeri girivermiş.

Kahvaltı etmişler, tatlı yemişler ama Puki gitmek bilmemiş.

Saatler sonra, "Görüşürüz," deyip evinin yolunu tutmuş. Puki kapıdan çıkar çıkmaz Zebra Zebi gelmiş.

– Merhaba komşum, sohbet etmeye geldim, deyip Sinko'nun bir şey söylemesine fırsat vermeden içeri girivermiş. Sinko sabahtan beri misafir ağırladığı için evdeki hiçbir işini yapamamış. Pijamalarını çıkarmak için bile vakit bulamamış.

Zebi gider gitmez Leylak Hanım kapıyı çalmış,

– Kumaşlarına bakmaya geldim Sinkocuğum, diyerek içeri girmiş.

Leylak Hanım kumaşlara bakarken ev iyice dağılmış.

Leylak Hanım gittikten sonra Bay Kaplumbağa, Köstebek Köskös ve daha birçok komşusu çatkapı Sinko'yu ziyarete gelmiş. Her gelen en az bir saat oturmuş, böylece akşam olmuş. Sinko'nun evi darmadağın olmuş ama yorgunluktan hiçbir şey yapamadan uyuyakalmış.

Ertesi sabah yaptığı yanlış davranışları bir bir hatırlamış ve komşularının ona bir ders vermek istediğini anlamış.

Kendi kendine, "Ben bunca zaman ne kadar kaba davranmışım. İzin almadan komşularımın evine girip onların işlerine engel olmuşum." diye söylenmiş.

Hatasını anlamasını sağlayan komşularından tek tek özür dilemiş ve o günden sonra haber vermeden kimsenin evine misafir olmamış.

AYET

"Ey iman edenler! Kendi evlerinizden başka evlere (ve odalara) girerken izin almadan ve sahiplerine (seslenip) selam vermeden girmeyin. Böyle yapmanız sizin için daha hayırlıdır. Herhalde bunu düşünüp anlarsınız."

(Nur Sûresi 27. Ayet)

EĞLENELİM - ÖĞRENELİM

Komşuları, Sincap Sinko'nun hangi davranışından rahatsız oldu?

Sincap Sinko hatasını nasıl anladı?

Arkadaşlarımızın evine gitmek istediğimizde ne yapmalıyız?

HİKÂYELERLE DİNÎ DEĞERLER

Kedicik Badem

Yazan: Asiye Aslı Aslaner
Resimleyen: Gökhan Gülkan
Danışmanlar: Prof. Dr. Mehmet Emin Ay
Duygu Kaçaranoğlu

Yayın Yönetmeni: Savaş Özdemir
Editör: Sevinç S. Erzurumlu
Kapak Tasarım: Sefer Koçan
İç Tasarım: Nur Kayaalp

Yayın No: 3834
ISBN: 978-605-08-1995-3
Raf: 6 Ay-5 Yaş Masal Hikâye

7. Baskı / Ekim 2025

Baskı ve Cilt: WPC Matbaacılık
Osmangazi Mah. Mehmet Deniz Kopuz Cad. No: 17-1
Esenyurt / İstanbul
Tel: (0212) 886 83 30 / **Sertifika No:** 50884

Timaş Basım Ticaret ve Sanayi AŞ
Cağaloğlu, Alemdar Mah. Alay Köşkü Cad. No: 5 Fatih / İSTANBUL
Tel: (0212) 511 24 24 Sertifika No: 45587

bilgi@gulcekitap.com.tr

KEDİCİK BADEM

Badem ailesi ve arkadaşlarıyla birlikte sokaklarda yaşayan sevimli mi sevimli bir kedicikmiş. Sokakta yaşamak zormuş ama Badem mutluymuş.

Her sabah neşe içinde uyanıp arkadaşlarıyla birlikte yiyecek aramaya çıkarmış. Çöplerin çevresinde gezinip insanlardan arta kalan yiyecekleri yerlermiş.

ALİ
ÇÖP

Badem insanlara yardım etmeyi çok severmiş. Çünkü uzun ve karlı kış günlerinde onların bıraktığı mamalarla beslendiğini, sıcak yaz günlerinde ise kaplara koydukları sularla susuzluğunu giderdiğini bilirmiş.

Badem de insanlara yardım etmek için fareleri kovarlarmış. Böylece insanları ve doğayı zararlı haşerelerden korurmuş.

Badem'in en sevdiği şey parka gitmekmiş. Çünkü badem orada çocuklarla oynuyormuş. Büyükler de ne kadar tatlı olduğunu söyleyip Badem'in tüylerini okşuyorlarmış.

Badem en çok parkın karşısındaki evde oturan Pamuk Nine'yi seviyormuş. Çünkü o çok tatlı ve şefkatli bir insanmış.

Pamuk Nine, Badem ve arkadaşlarına ciğer ikram eder, kapısının önüne de her zaman bir kap su koyarmış.

Bu yüzden Badem, Pamuk Nine parka gelir gelmez yanına koşup bacaklarının arasında dolanır, ona selam verirmiş. Pamuk Nine tüm kedilere yardım eder ama aralarında en çok Badem'i severmiş.

Badem yanına yaklaşınca,

– Sen ne güzel bir kedisin. Ne de güzel badem gözlerin var, deyip tüylerini okşarmış.

Nine böyle söyleyince Badem de, "Miyav!" diye karşılık verirmiş.

Badem parktaki çocuklarla oynamayı da çok severmiş. Onlarla birlikte koşar, zıplar, kelebekleri kovalar, ağaçlara tırmanırmış.

Bazı çocuklar Badem'den korkarmış. O da onları korkutmamak için yanlarından uzaklaşırmış. Ama çocuklar onu sevdiği zaman çok mutlu olurmuş.

Badem bir gün parkta oynarken, Pamuk Nine'nin bankta oturduğunu görmüş. Neşe içinde yanına koşmuş. Nine'nin yanında mahalleye yeni taşınan komşusu Sultan Hanım ve oğlu Ahmet varmış.

Badem önce küçük çocuğun yanına yaklaşmış ama ürkek bakışlarını fark edip ninenin yanına gitmiş.

Pamuk Nine tam onu sevecekken Sultan Hanım Badem'i eliyle itip,

– Pist! Pist! Git buradan, diye bağırmış.

Badem çok şaşırmış. Çünkü ilk defa bir insan kendisine kötü davranıyormuş.

Nine,

– Komşum, zavallı kediyi neden kovuyorsun, diye sormuş.

Sultan Hanım bağırmaya devam etmiş,

– Ben kedileri hiç sevmem, çok nankör olurlar, diye cevap vermiş.

Pamuk Nine,

– O bizim mahallemizin kedisi. Çok iyi huylu ve sevimlidir. Azıcık yemek verince, teşekkür etmek için etrafımda dolanıp durur, demiş.

Sultan Hanım Nine'yi hiç dinlememiş. Badem'i ayağıyla itip parktan kovmuş. Badem'in hem bacağı acımış hem de kalbi kırılmış. Arkasına bakmadan oradan uzaklaşmış.

Hem yürüyor hem de kendi kendine, "Ben nankör değilim. Nankör olanlar yapılan iyiliklerin, nimetlerin kıymetini bilmez. Oysa ben her şeye şükrederim." diyormuş.

O günden sonra Badem'in canı parka gitmek istememiş.

Pamuk Nine'yi ve parktaki sevimli çocukları çok özlüyormuş ama kalbi çok kırıkmış. Kendi kendine, "Acaba diğer insanlar da benim nankör olduğumu mu düşünüyor?" diyormuş.

Arkadaşlarının ve kendisinin yaşamını düşünüyor, çöpten yiyecek bulduklarında mutlu olup şükrettiklerini, teşekkür etmek için insanların evlerindeki fareleri, zararlı böcekleri kovduklarını hatırlıyormuş.

Badem'in düşünceli ve üzgün hâli herkesin dikkatini çekmiş. Eskisi gibi oyun oynamıyor, birkaç lokma yemek yedikten sonra, bir ağacın dalına çıkıp düşünceli düşünceli oturuyormuş.

Kuzeni Duman daha fazla dayanamayıp sormuş,

– Badem, çok üzgün görünüyorsun. Ne oldu?

Badem parkta yaşadıklarını, Sultan Hanım'ın ona 'nankör' dediğini anlatmış. Sonra nemli gözlerle,

– Duman Ağabey, biz gerçekten nankör müyüz, diye sormuş.

Duman biraz düşündükten sonra,

– Sevgili Badem, sokaklarda zorluklarla dolu bir hayatımız var. Ama bize yardım eden insanlar sayesinde yaşamımız kolaylaşıyor. Bizler de onları her zaman koruyup kolluyoruz. Ama ne yazık ki bazı insanlar hakkımızda yanlış şeyler düşünüyorlar, demiş.

Badem merakla,

– Yani Sultan Hanım haklı değil mi, diye sormuş.

Duman başını bir sağa bir sola sallayıp,

– Sultan Hanım'a küsmek ya da kızmak yerine ona iyilikle yaklaşıp doğruları görmesini sağlamalısın, demiş.

Duman doğru söylüyormuş. Tanıdığı hiçbir kedi nankör değilmiş. Badem artık kendini daha iyi hissediyormuş. Hemen parkın yolunu tutmuş.

Pamuk Nine Badem'i çok özlüyormuş. Parka gidip onu göremeyince, "Kedicik bize küstü galiba," diye üzülüyormuş.

O gün de parktaki bir banka oturmuş, koşup oynayan çocukları izliyormuş. Yanında Sultan Hanım ve küçük oğlu da varmış. Badem parka gelir gelmez onları görmüş ama Sultan Hanım'dan çekindiği için yanlarına gidememiş.

Onları uzaktan izlemeye başlamış. Bu sırada Ahmet'in topu çalıların arasına yuvarlanmış. Badem

keskin gözleri sayesinde çalıların arkasında kızgın bir köpek olduğunu görmüş. Ahmet köpekten habersiz topunu almak için çalıların arasına girmiş.

Badem bu köpeği daha önce görüp görmediğini düşünüyor, çocuklarla oynamamaya alışkın olmadığı için Ahmet'i korkutmasından endişe ediyormuş.

Badem'in korktuğu başına gelmiş.

Köpek çalıların arasından çıkıp havlamaya başlamış.

Badem koşup Ahmet ile köpeğin arasına girmiş, tüylerini kabartıp,

– Bu çocuk benim arkadaşım. Sakın ona zarar verme, demiş.

Köpek aldırış etmeyip havlamaya devam edince, pençesini köpeğe doğru sallamış. Köpek korkup geri çekilmiş. Sonra da arkasını dönüp homurdanarak gitmiş.

Pamuk Nine ve Sultan Hanım koşarak yanlarına gelmiş. Nine, Badem'i kucaklayıp, "Akıllı kedicik!" diye sevmiş. Sultan Hanım ona nankör dediği için çok pişman olmuş. Badem'in ne kadar iyi niyetli ve iyiliksever bir kedi olduğunu anlamış.

O günden sonra Sultan Hanım Badem'e ve diğer kedilere her zaman iyi davranmış.

Badem artık her gün parka gidiyor, Sultan Hanım ve Pamuk Nine'nin getirdiği lezzetli mamaları yiyip Ahmet ile oynuyormuş.

AYET

"Şüphesiz, Allah inananları savunur. Doğrusu Allah hiçbir haini, nankörü sevmez. "

(Hac Sûresi, 38. Ayet)

EĞLENELİM - ÖĞRENELİM

Badem insanları neden çok seviyor?

Badem niçin üzüldü?

Sultan Hanım hatasını nasıl anladı?

HİKÂYELERLE DİNÎ DEĞERLER

Yaprak Böceği Yami

Yazan: Asiye Aslı Aslaner
Resimleyen: Gökhan Gülkan
Danışmanlar: Prof. Dr. Mehmet Emin Ay
Duygu Kaçaranoğlu

Yayın Yönetmeni: Savaş Özdemir
Editör: Sevinç S. Erzurumlu
Kapak Tasarım: Sefer Koçan
İç Tasarım: Nur Kayaalp

Yayın No: 3835
ISBN: 978-605-08-2002-7
Raf: 6 Ay-5 Yaş Masal Hikâye

7. Baskı / Ekim 2025

Baskı ve Cilt: WPC Matbaacılık
Osmangazi Mah. Mehmet Deniz Kopuz Cad. No: 17-1
Esenyurt / İstanbul
Tel: (0212) 886 83 30 / **Sertifika No:** 50884

Timaş Basım Ticaret ve Sanayi AŞ
Cağaloğlu, Alemdar Mah. Alay Köşkü Cad. No: 5 Fatih / İSTANBUL
Tel: (0212) 511 24 24 Sertifika No: 45587
bilgi@gulcekitap.com.tr

YAPRAK BÖCEĞİ YAMİ

Yaprak Böceği Yami böcekler diyarında yaşarmış. Günlerini ağaçların, yaprakların arasında dolaşarak geçirirmiş. Yami'nin hiç arkadaşı yokmuş. Diğer böcekler birbiriyle selamlaşır, konuşurmuş ama

hiçbiri ona selam vermezmiş.

Yami de onları selamlaşırken, konuşup hal hatır sorarken görünce çok üzülürmüş.

Ona neden selam vermediklerini bir türlü anlayamazmış. Düşünür, düşünür ama bir türlü bulamazmış. Bir gün kendi kendine "Gidip karşılarına dikileceğim! Bakalım o zaman bana selam verecekler mi," demiş ve bir plan yapmış.

Ertesi sabah erkenden kalkıp tüm böceklerin geçtiği patikaya gitmiş ve bir çiçeğin dalına çıkıp oturmuş. Başlamış beklemeye... İki bayram böceği konuşa konuşa geçip gitmiş. İkisi de Yami'ye selam vermemiş. Yami çok üzülmüş ama beklemeye devam etmiş.

Az sonra bir uğur böceği gelmiş. Yami'nin üstünde durduğu dalın altına geçip etrafına bakınmış. Sonra da başını kaldırıp Yami'ye bakmış. Yami çok heyecanlanmış.

Kendi kendine, "İşte, şimdi bana selam verecek." demiş ama uğurböceği hiçbir şey söylemeden gidivermiş. Yami yine çok üzülmüş.

Tam pes edip gideceği sırada karşıdan bir sürü karıncanın geldiğini görmüş. Karıncalar ona doğru yavaş yavaş yürürken yağmur yağmaya başlamış.

Koşa koşa gelip Yami'nin oturduğu dalın altına sığınmışlar. İçlerinden biri,

– Bu dalın altına saklandığımız iyi oldu. Bir tek buraya yağmur gelmiyor, demiş.

Yami içlerinden birinin başını kaldırıp ona selam vermesini beklemiş ama boşuna.

Karıncaların bu kadar yakına gelip ona selam vermemesine çok üzülmüş. Üstelik Yami üstünde durmasa, dallar karıncaları yağmurdan koruyamazmış. Yami, "Bir teşekkür bile etmiyorlar." demiş kendi kendine. Yağmur diner dinmez daldan inip paytak paytak yürüyerek evinin yolunu tutmuş.

O kadar yorgunmuş ki hemen yatağına yatmış ve başına gelenleri düşünmüş. Kendi kendine, "Sanırım planımda bir değişiklik yapmam lazım." demiş. Sonra gözleri yavaş yavaş kapanmaya başlamış ve derin bir uykuya dalmış.

Yami sabah erkenden kalkıp patikaya gitmiş. Bir sağa bakmış, bir sola bakmış... Etrafta kimsecikler yokmuş. Yolun ortasına boylu boyunca uzanmış. O kadar tombulmuş ki tüm patikayı kaplamış.

Diğer böceklerin onu fark etmeden geçmesi imkânsızmış.

Biraz sonra, "Güm! Güm!" diye sesler duyulmuş. Bu sesi, upuzun bacaklarını yere vura vura gelen koskocaman bir örümcek çıkarıyormuş.

Örümcek, Yami'nin önünde durmuş. Bakmış, bakmış... Ve "Hoop!" diye üzerinden atlayıp yolun öbür tarafına geçmiş.

Yami örümceğin arkasından bakakalmış.

Kendi kendine, "Ne kadar kaba bir örümcek, bir selam vermeden geçti." demiş.

Yami bir başka böceğin gelmesini beklemeye başlamış. En sonunda bir gergedan böceği nefes nefese koşarak gelmiş.

Gergedan böceği, Yami'nin yanında durmuş ve koca boynuzuyla onu yolun kenarındaki otların arasına itivermiş. Sonra da hiçbir şey olmamış gibi yoluna devam etmiş.

Yami hem üzülmüş hem de çok kızmış. Kendi kendine, "Hem selam vermedi hem de özür bile dilemeden beni yolun kenarına itti." demiş.

Yami her şeye rağmen pes etmeyip başka böceklerin gelmesini beklemeye devam etmiş. Böcekler gelip geçiyorlarmış ama ona selam veren olmuyormuş. Ne hamam böceği, ne tespih böceği, ne de çekirge.

Akşam olunca Yami bir dalın üzerine çıkmış. Evlerine dönen böcekleri izlerken, "Neden kimse bana selam vermiyor, benim neyim eksik." diye ağlamaya başlamış.

Gözyaşları ağacın dallarından aşağı dökülmüş. Bu sırada oradan bir peygamberdevesi geçiyormuş. Yami'nin döktüğü gözyaşları yüzüne damlayınca başını kaldırıp

bakmış,

– Hayret! Gökyüzünde bulut yok, bu yağmur da nereden çıktı böyle, demiş.

Peygamberdevesi Deni akıllı bir böcekmiş. Dikkatli bakınca, suyun sadece bir yapraktan döküldüğünü fark etmiş.

– Hey! Kim var orada, diye sormuş.

Yami gözyaşlarını silip aşağı inmiş,

– Benim adım Yami, ben bir yaprak böceğiyim. Seni ıslatmak istemedim. Özür dilerim, diye cevap vermiş.

Deni çok şaşırmış. Yaprak şeklindeki bu böceği ilk defa görüyormuş.

Peygamberdevesi Deni,

– Neden üzgünsün, diye sormuş.

Yami diğer böceklerin onunla konuşmadığını, selam bile vermediğini anlatmış.

Deni gülümseyerek,

– Sevgili Yami, bence diğer böceklerin sana selam vermemesinin tek nedeni seni görmemiş olmaları. Sen tıpkı bir yaprağa benziyorsun, demiş.

Yami şaşkın şaşkın,

– Evet, çok haklısın. Nasıl oldu da bunu daha önce düşünemedim! Demek ki gergedan böceği, beni yaprak zannettiği için yolun kenarına itti, karıncalar da beni yaprak sandılar, demiş.

Deni,

– Bunca zaman boşuna üzülmüşsün. Selam vermelerini beklemek yerine önce sen selam verip konuşsaydın böyle üzülmezdin, demiş.

Yami, Deni'ye teşekkür etmiş ve evinin yolunu tutmuş.

Ertesi gün erkenden patikanın kenarına gidip beklemeye başlamış. Önce bayram böcekleri gelmiş. Yami yanlarına yaklaşıp,

– Selam! Nasılsınız? Ben Yami, yaprak böceğiyim, demiş.

Bayram böcekleri görünüşü çok farklı olan bu böceği çok sevmişler. Onunla uzun uzun sohbet etmişler.

Yami, karıncalara, uğur böceğine, örümceğe ve gergedan böceğine de selam vermiş. Onlar da Yami'yle selamlaşmış ve konuşmuşlar. Hepsi Yami'yi daha önce fark etmedikleri için şaşkınmış, "Keşke bize daha önce selam verseydin. Biz seni fark etmediğimiz için yanından öylece geçip gidiyormuşuz, demişler.

Yami artık çok mutluymuş. O günden sonra herkese önce kendisi selam vermiş, ona selam verenlerinse selamlarını hemen almış.

AYET

"Size bir selam verildiği zaman, ondan daha güzeliyle veya aynı selamla karşılık verin. Şüphesiz Allah her şeyin hesabını gereği gibi yapandır."

(Nisâ Sûresi, 86. Ayet)

EĞLENELİM - ÖĞRENELİM

Yami neden üzgündü?

Çevresindekiler ona neden selam vermiyordu?

Yami diğer böceklerle nasıl dost oldu?